ちくま文庫

という、はなし

吉田篤弘 文
フジモトマサル 絵

筑摩書房

目次

という、はなし

夜行列車にて

ひっそり、のんびりといきたい。

しかし、なかなかそう上手くはいかなくて、静けさと余裕はこの世で最も高価なものになりつつある。せめて本を読むときくらい、なんとかならぬものかとあれこれ画策してみたが、電話は鳴るし、すぐにスケジュール表が目に留まるし、猫が起き出してきて空腹を訴えたりする。猫はいい。およそ、ひっそりとして、のんびりしている。

特によろしいのは黒猫。

まるで別の時間を生きている感がある。「おい」と声をかけても知らぬふり。

など追っている。

「いい天気だねぇ」と御機嫌をうかがっても知らぬふり。泰然として、空行く雲

そこで、はたと気がついた。

「知らぬふり」である。

日々を取り囲むノイズにあらためて耳を傾けてみると、口調の濃淡はあるにしても、いずれも「知っていなさるか?」と話しかけてくる。

若いときは、やはりなんでも知りたかったし、知らぬことを恥じ、聞きかじった僅かな知識を風船のように膨らませては知ったかぶりの技術を磨いていた。

が、当然ながら歳をとるほどに知ったかぶりの風船は、しだいにしぼんで効力を失ってくる。それればかりか、若いときには笑われて済んだことも、いまは、

「え?　そんなことも知らないの?」

という恐ろしい一言で問い詰められてしまう。

知ったかぶりは若さの特権であって、若さゆえの荒技であったのだと、こっぴ

どく思い知らされる。その思い知らされた瞬間が人生の後半の始まりで、思えば本当のことなど何ひとつ知らずに来てしまったと呆然となる。

いや、呆然とすることもままならない。

地球がひと回りするたび、膨大な情報と新たな知識が、「そんなことも知らないの？」と言いながら次々追いかけてくる。

え？　知らないの？　え？　知らないの？　え？　知らないの？

追いつめられた夜の果てで、コートの襟を立てて夜行列車の切符を握りしめる。

行き先は？

さあ、知りません。私はもう何も知らないのです。本ですか？　いや、知ったかぶりばかりで本当はたいして読んだことがなかったんです。これからひっそり、のんびりと読むつもりです。手はじめの一冊は夏目漱石。ええ、そうです、『吾輩は猫である』。やはり、これだけは読んでおかないと。猫として。

背中の声

書いているとき、いつでもすぐ後ろに読者がひとりいて、一行書くたび、何ごとかひそひそと囁きかけてくる。

「ああ、それは違うな」

「その表現は大げさでしょう」

「漢字を間違えている」

「説明不足だね」

「なんと、ひとりよがりな」

——等々。

余計なお世話と振り向きたいが、振り向いたところで、そこにいるのはもうひとりの自分でしかない。

この「もうひとり氏」は、たしかに自分でありながらどこかよそよそしく、姿が見えない声だけの存在である。いや、正確に言うと、そのさらなる背後に無数の「他人」が意地悪く構えていて、氏はその一団の代表者といったおもむきで、

「ああ……」

と、低く絶望的な呟きをもらす。

「ああ……そこの一行が致命的だね。他人の目を意識しすぎてる」

じつに鋭い指摘。

たしかに他人の目を気にせず書けたらどんなに幸せだろう。が、他人の目がどこにもないと知ったら、それはそれで張り合いがなくなる。

どうやら「書くこと」の向こうには、きっと他人がいて、つまり、「読むこと」の向こうにもかならず他人がいる。なんのことはない、何が気になるかとい

えば、いつでも他人なのだ。他人が何を書いているのか気になるし、他人が何を読んでいるのか気になって仕方がない。ただ、他人のあれこれを探るうち、そこに自分の背中がうっすらと浮かび上がり、背中ごしに、自分で自分の手の内をそっと覗き見ることもある。

——と、ここまで書いてきたところで、

「おいおい、いったいお前さんは何を言いたいんだい？」

背中の彼につっつかれてしまった。いちいち、うるさい「他人」である。

「さあて、なんだろう？　君には分かる？」

「もちろん分かるよ。つまり、こういうことだろう？　書くときも読むときも、ひとりではないってこと」

なるほどそのとおり。さすが、よく分かってる。まったくもって、それが本のいちばんいいところだ。

持つべきものは背中の声である。

読者への回復

ときどき入院をする。自覚症状があらわれるのだ。

言葉が、かさかさになり、うるおいも深みも哲学も詩も消え失せる。

そもそも、言葉が出てこない。

ええと……なんだったか……あの作家のあの作品のタイトルは……。

もっとひどくなると、自分が気にかけていたこと、取り組もうと考えていたテーマ、得たいと思っていた知識、それらが何だったのかも頭からとんでしまう。

原因はあきらかだ。

ふだんは、世の「活字離れ」を嘆いているくせに、嘆いた自分にあぐらをかき、

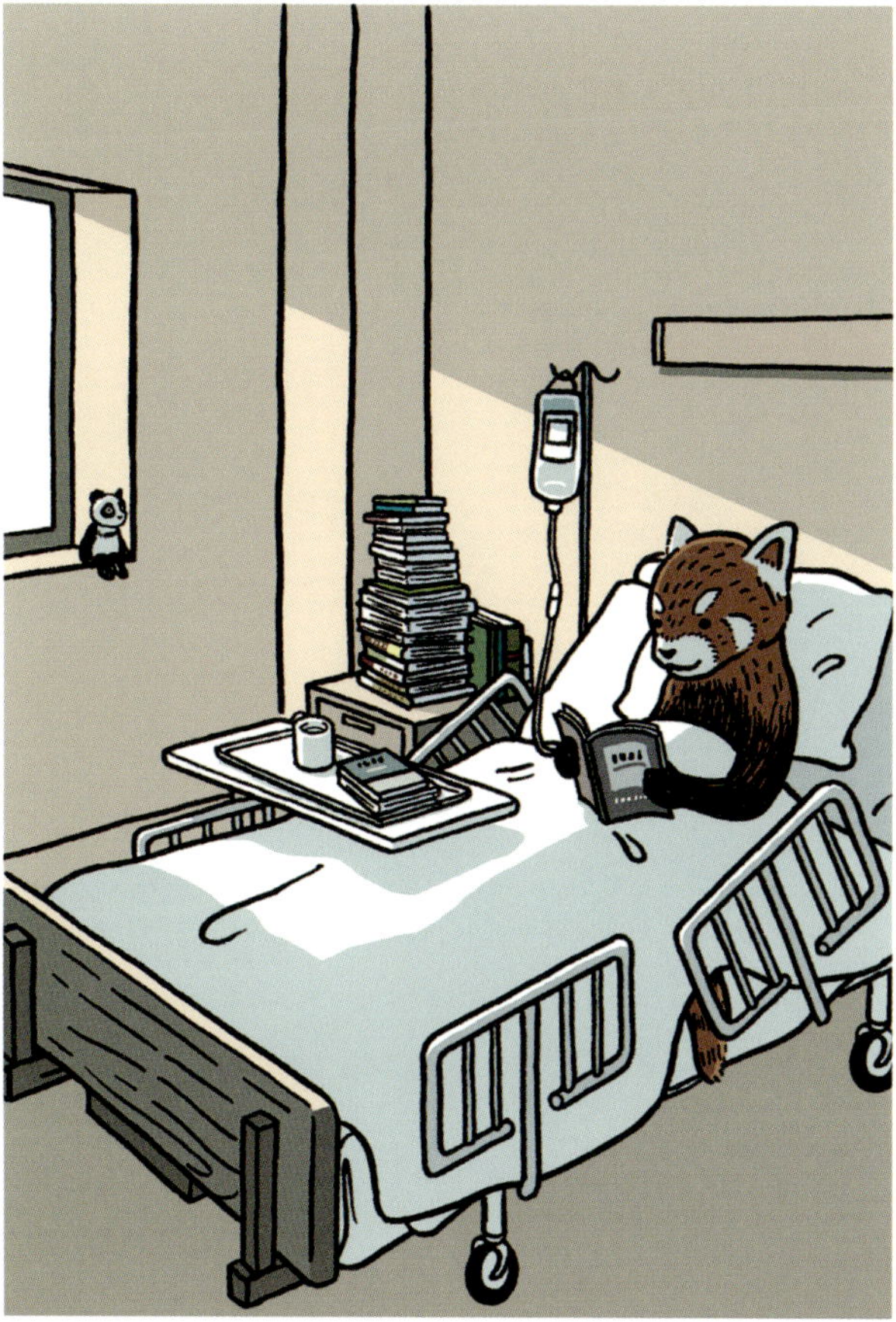

ついうっかり、映画と音楽とインターネットに山ほど時間を捧げている。読みたくて買ってきた新しい本や、いまこそ読みなおそうと考えていた本が置き去りにされ、新聞すら届けられたままの姿で折り重なっている。文字を追った記憶はパソコンの画面上にしかない。

ええと——。

言葉がむなしく空まわりし、ふいに砂漠の真ん中で、ひからびた水筒をひっくり返しているような渇望におそわれる。

そうだ。

砂を蹴散らして本棚の前に戻り、背表紙を目で追いながら、読んだときの記憶と言葉を反芻してゆく。

あるいは、買ったままあちらこちらに積み上げられている本の塔を崩し、むさぼるように夢中でページをめくってゆく——。

そのときの本の、なんと優しいことか。

置き去りにされていたことを恨むこともなく、静かにこちらの記憶をほぐしながら、忘れていたことをひとつひとつ示してくれる。

そうだった――。

しだいに、みずみずしいものが体中にめぐらされて息を吹き返す。

「そうだった、そうだった」

声が出る。

何をやっていたんだ、自分は？　何をそんなにも血迷い、なぜ余計な遠まわりなどしていたのか。全部、ここにあるのに。

愚かしさにつける薬はないにしても、とりあえず、きりりと口を結んで活字の点滴を打ってもらう。

「読者」であること。

肩書きはそれだけでいい。

灯台にて

午後、行きつけの灯台へ。

灯台へ来たら、少し空など見て、やはり海も見て、少し本を読んで、おにぎりを食べ、それからまた本を読む。

読むのに飽きたら、少し考える。

さして考えることもないのだけれど、この世で、灯台くらい「考える」のに適した場所はない。なぜかと理由を訊かれても困る。

ただ、「考える」というのは、いつもの場所を離れて誰もいないところまで行き、そこで何やら遠くの方にあるものをうかがったりすることのような気がする。

そのとき、自然と孤独なふりをできるのが灯台のいいところ。

実際、誰もいないし、うまくすれば、携帯電話も「圏外」を示す。

理由を訊かれても困るが、人はそんなふうにちょっとでも寂しくならないと、本当に「考えるべきこと」を考えない。

傍目には愉快だったり豪快だったりする人も、じつは、ひとりでこっそり灯台へ出かけ、寂しげに望遠鏡を磨いたり、お腹の筋肉をゆるめて深呼吸をしたりしているに違いない。

そういえば、「灯台もと暗し」という言葉があった。

その暗く心もとない足元をひさしぶりに陽にさらし、おそるおそる確認してみると――やぁ、まだ足はある。

生きている。助かった。

胸をなでおろし、急いで足場を固めなおす。ちょうど投手がマウンドに立ったときのように。あるいは、農夫が新しい苗を植えるときみたいに。うつむきながら思いを込める。

そのうち、ようやく「あれっ?」と気づき、あわててしゃがみこんで、靴のひもがゆるんでいたのを締めなおす。

あぶない、あぶない。

きっちりひもを結んだら、そのままさっさと踵を返す。

灯台のいいところは、踵を返して海に背を向けると、いつもの自分の場所にすぐ戻れること。圏外の自由に満足したら、圏内へ還って、「考えた」ことを土産にできること。

いや、それよりも、孤独なふりをしてしまった自分に舌を出し、「考えた」ことなどいっさい忘れて、

「いまから行ってもいい?」

誰かに電話をかけてみよう。

虎の巻

虎野先生は、この春に教師になったばかりの新米先生なのでした。担当は五年一組。生徒たちはみな小学生のベテランであり、新参者は虎野先生ひとりということになります。

「しっかりしなくてはいかんぞ」先生は自分に言い聞かせました。「僕はもう、ぼんやりしちゃいかんのだ。先生になったのだから。もう生徒ではないのだから」――自分に言い聞かせるのに忙しく、学校の廊下で背後から「先生」と声をかけられても、まるで気づかない様子。生徒たちはさっそく「ぼんやりした先生だなぁ」と囁き合いました。

「とにかく、気持ちを落ち着かせて――」

そういうとき先生は、恩師から送られた巻物状の手紙を思い出すのです。恩師の名は虎山先生といって、「君はきっといい先生になる」と導いてくれた先生です。

「親愛なる虎野君よ、これはあの有名な虎の巻というものである」

手紙はそんなふうに始まっていました。

「虎の巻なるものは、さァいよいよ困ったゾという時に、ひもとくものであるから、ひとたび目を通したら、しっかり肝に銘じてあとは秘するよう。私もかつて師にそう教えられたから、私もまた君にそれを命ずるのだ」

言われたとおり、新米先生はその一巻を押し入れの箱の中へ大切にしまい込み、「いよいよ困ったゾ」のときがくるまで決して取り出さないと心に誓いました。

が、「いよいよ」とまでは言わなくとも、「ちょいと」困ったことは度々あり、そういうとき先生は静かに目を閉じて、手紙をひもといたときの故郷の縁側に座り直します。縁側も恩師もいまは記憶の中にしか存在しないのですが――。

その「虎の巻」には、厳しい教訓が何項目にもわたって書き連ねてありました。ためになるような、ならないような――いえ、きっと新米先生にはためになるに違いありません。しかし、ぼんやりした先生はすっかり忘れてしまったのです。

ただ、巻物の最後のところ――「以上」とあって、その後に小さく付け足された恩師の言葉、その一行だけはよく覚えていました。

「まぁつまり、真面目におやりなさいということですナ」さらにもう一行、「虎たるものは縦縞に徹し、よこしまな気持ちは棄て去ること」そのあとに「わっはっはっ」豪快に笑う虎山先生の顔が思い浮かび、新米先生も自然と顔がほころんできます。

「何をニヤニヤしているのだろう」

生徒たちは、また囁き合っていました。

待ち時間

このあいだ、新聞の死亡記事欄をぼんやり眺めていたら、「待ち時間」とあった。そういえば、このごろ、とんとお見かけしなくなっていた。昔は「待ち時間」が街のあちらこちらに見つけられ、銀座・三越のライオン像や、渋谷のハチ公像のあたりなど、「待ち時間」がひしめきあって息苦しくなるくらいだった。

死因は、携帯電話による「情報過多死」。

なるほどたしかに、最近、街を歩いていると、かたわらを通過してゆく人たちが口にするセリフが、「ちょっと遅れています」「いま、そちらに向かっています」「あと五分で到着すると思います」といった具合で、彼らは一様に携帯電話

を耳にあてがいながら、「そちら」へ向かっているらしい。そのまま、延々と話しつづけている人もいる――。

「いま、角を曲がったところです。あ、山田ビルが見えてきました。ええと、ちょっと待ってください。信号ですか。ああ、はいはい、ありましたありました。そこを？　右へ？　ああ、はいはい、わかりますわかります。ああ、ここまで来ればもう大丈夫です。もうすぐです。もう少しお待ちください」

遅刻の実況中継である。

「待ち人来たらず」どころか、待ち人がやかましくてしょうがない。

いずれにしても、「待ち時間」が亡くなってしまった以上、当然、「待ち人」や「待ちあぐねる」もそれに追随することになり、ごく近いうちに、彼らもまたひっそりとこの世を去ってゆくに違いない。

他人ごとではないのである。

死去の知らせは、いつでも自分以外の誰か他人のことだったけれど、最近は、知らせを受けてしばらくすると、自分の中で何かが消えてなくなっていることに気づく。言うまでもなく、誰もが間違いなく「待ち人」であったのだし、誰もが「待ち時間」と共にあって、まったく思いがけないときに、「待ちあぐねる」ことになったりしたものだ。

「待つ」ことは、しばしば人を苛々させるところがあったから、名ごり惜しむ人の声がいまひとつ上がらず、いとも簡単に、快適な生活の犠牲になってしまったのだろう。

「でも、なかなかいい奴だった」

葬儀の帰りに寄った酒場で、心ある人たちは「待ち時間」の思い出を口々に語っては、しだいに口数が少なくなっていった。

「やきもきさせられたし」「ずいぶん無駄な時間を過ごしたけどね」「……でも、あれって本当に無駄なことだったのかなぁ……」

地上の教え

ときどき低空飛行を試み、地上を仔細に観察してみると、われわれ天使には、およそ想像もつかない物や光景を目にすることになる。

わざわざ苺の載った菓子を選んでおきながら、なぜ最後の最後まで苺を食べずにおくのか。なぜ、あんな煙のようなもので自らの美しい肺を汚しつづけるのか。なぜ、黒犬や黒猫を愛で、カラスだけを邪険に扱うのか。いや、そんなことより、マツモトキヨシとははたして誰のことか——。

もっと気になるのは、何やら小さくて薄い被膜のようなものに、文字と思われるものがびっしりと記されている物体。ひょろひょろした紐状のものが取りつい

ているのも奇妙だが、あれはいったい何なのか？　しいて言えば書物に似ているが、書物はもっと堅牢な革に包まれ、しっかりした羊皮紙に烏賊の墨で記された重たくて大きなものだ。

それに、何故あんなに夢中になっているのだろう。書物などというものは、われわれを律する法や教えが書いてあるだけで、どう考えても、あのように齧りついて読むものではない。それなのに、じつに楽しげに、まるで美味しい料理を食しているときの顔で、いっときも目を離さない。声をたてて笑い出す者もある。かと思えば、涙をぬぐい、なおも文字（らしきもの）を追いつづける者もある。地上の法や教えは、そんなにも楽しかったり悲しかったりするのか？　いや待て、よくよく観察してみれば、笑ったり泣いたりばかりではなく、なにやらブツブツ言う者、「つまらん」と怒り出す者、人目をはばかりながらニヤつく者、うっとりしている者、しみじみとしている者――居眠りをしている者もある。

一体どんなことが記されているのだろう。

もし、それが書物であるなら、必ず表紙というものがあり、そこに表題が明記してあるはずだ。それで、およその察しはつく。「法典」か「教典」か。空からの観察ではなかなか物体の表側を見る機会がないのだが、そのうち、ようやく目にすることが出来た。

『坊っちゃん』……とは何のことか？　三四郎？　ハリー・ポッター？　竜馬がゆく？

どうやら、いずれも「人」について書かれたもののようで、「人」を含んだ表題は他にも多々あり、最も目にしたのは、「殺人事件」なる四文字だった。意味は不明だが、その四文字が付けられたものがなんと多いことか。

おそらく、学ぶべきことが沢山ある事柄なのだろう。

何ひとつ変わらない空

ひさしぶりに、屋外アンテナ氏と話をする。

半年に一度くらい、屋根にのぼって「やあ」「やあ」と挨拶を交わし、近況報告などして午後のひとときを過ごす。彼は空や雲の様子をあれこれと教えてくれ、僕は最近読んで面白かった本について話す。アンテナ氏は驚くほどインテリなので、どんな本の話をしても、「ああ、あれですか」と話に花が咲く。さすがにこれは知らないだろうというような、フェルナンド・ペソアやトンマーゾ・ランドルフィのことなんかも熟知していて、「そのあたりが好きなら、ディーノ・ブッツァーティとかもいいですよ」と逆に教えられたりする。

「で、いま読んでいるのは、なんです？」

「ええと」——いくらなんでもこれは知らないかな、と思ったが、いちおう「安藤鶴夫の『百花園にて』」と答えると、「ああ、アンツルさんですか」と、旧知の友人のように顔をほころばせた。じつを言うと、アンテナ氏の顔がどのあたりにあるのかよく分からないのだが、まぁ、なんとなく「ほころんでいる」感じは伝わってくる。

「『百花園にて』というと、小型本の初版ですか？　あれは、ほどよい洒落た本ですね」書誌的な情報にもやたらと通じていた。

「どうして、そんなことまで？」

「それはもう、最近はインターネットなどでアレですから」——こちらにはまったく窺い知れぬ「空の事情」を説いてくれた。

「これはまぁ、私たちアンテナにしか分からないことですが」——アンテナ氏の声は見かけによらずじつにソフトな声である——「いまこの瞬間にも、この空の中をものすごい量の電波と情報が飛び交っています。それはそれは大変な数です。普通の数では表わせません。あえて言うなら、百万億兆くらい。十年前はこれほどではありませんでした。いま思うと、まだほどよい時代だったんです。ああ、西の空にＮＨＫの『みんなのうた』が飛んでいくなぁ、とはっきり確認できたんですから。でも、いまは何ひとつ判然としません。あなたたちの目には十年前と同じ空でしょうが、私たちアンテナには見るに堪えない混乱と猥雑さです」

アンテナ氏の声がしだいに尖ってゆくように感じられた。

「ほどよいが消えてしまったんです。何故でしょうか」

難しい質問。ただ、何ひとつ変わらない空を見上げながら考えていたら、「さみしいなぁ」という言葉が自然と口をついて出た。

それが答えではないのだろうが――。

居残り日録

居月残日

そんなにあくせくしないで、のんびりいきましょうよ――などと呑気なことを言っていたら、自分ひとりだけ居残りになってしまった。皆、てきぱきと仕事をこなし、定刻にさっと引きあげてゆく。たぶん、ビールを飲みに行くのだろう。私はひとり会社の近くのコンビニへ行って売れのこりのおにぎりを買ってきた。仕事はまだ山積み。自分でいれたお茶はすぐにぬるくなるし、おにぎりは海苔だけパリッとして、アイロンのかかりすぎたシャツみたいに中身と馴染まない。「味気ないなぁ」と呟いた途端、誰もいないデスクに載っている電話がいっせい

に鳴り響いた。照明を落とした部屋の中で電話だけが生きもののように震えて光る。ブルルと一回きり。一回きりですぐに切れた。間違い電話だろうか。

急にしんとなる。

また鳴らないものかと、しばらく待ってみる。

居月残日

今日もまた居残りだ。しかし、居残りというのは命じられると面白くないが、自分の意志で居残っていると、どこかそれなりに愉しくもなってくる。用もないのに図書室などへ行ってみたりして、どういうわけか、普段はまったく目にとめない本が気になり、なんとなく棚から引き出して読み始める。

こういうときに出会った本が、不思議と一生のつきあいになったりする。

居月残日

本日は無事、定刻に仕事を終えて、皆と一緒にビールを飲みに行く。人生は夕方の一杯のビールだと深く感じ入る。何百回、何千回と深く感じ入ってきた。こんなに延々と深く感じ入るものが他にあるだろうか。こうでなくてはいけない。「居残りなんて」と豪語し、ひとしきり飲んで騒いで夜更けに散会した。

その帰りがけ、ふと見上げたビルの窓にぽつんとひとつ灯がともっているのに気がついた。残業だろうか。気になって、そのまま見上げながらビルの谷間を歩いていたら、あちらにもこちらにも点々と残業の灯をともす窓がある。よく見ると、その向こうに、やはり点々と寂しげに光る都会の星があった。

酔った目には、星なのか窓なのか見分けがつかない。

居月残日

そしてまた、今夜も居残りの星となる――。

眠くない

俺は眠くない。

眠くなんかないのだ。

たしかに今夜は気温もちょうどいいし、湿度も適当で申し分ない。毛布にくるまって気持ち良く寝るのにはもってこいだろう。

だが、俺は眠くない。眠るわけがない。

俺は今日一日、ただひたすらこのひとときの為に努力してきた。どんな辛いことにも耐え、このひとときを思いながら走り抜けてきた。

やらなくてはならないことはすべて終えた。

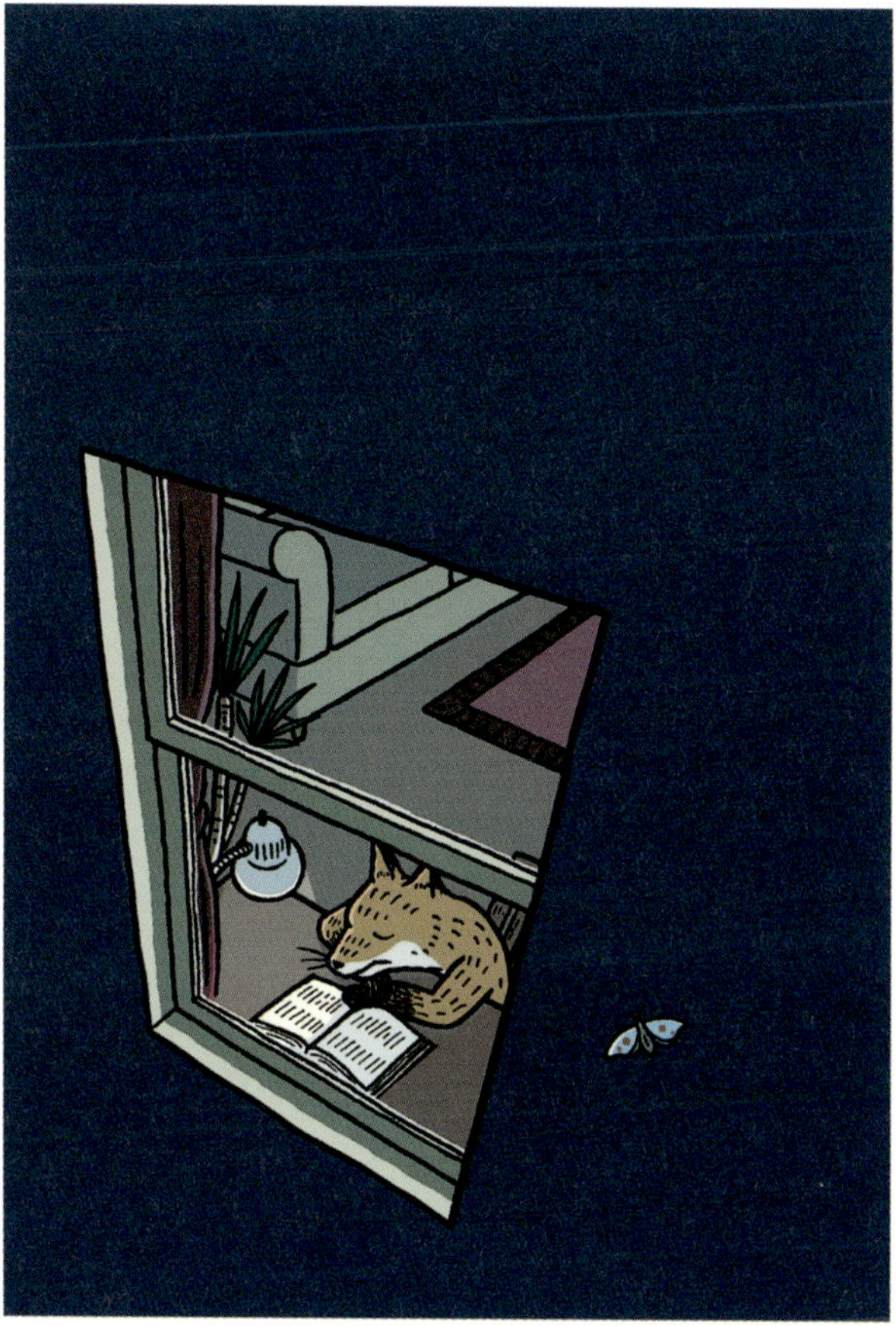

シャワーも浴びた。晩ご飯も済ませた。デザートの自家製プリン――つまり俺の手づくりだ――も食べた。洗いものだってちゃんとしてある。ついでに流し台の掃除までして、この際だから、と換気扇の油汚れまで拭き取った。そのとき使った長年愛用の踏み台がグラグラしていたので、抽き出しの奥から強力接着剤を探し出してきて補強もしておいた。「そういえば」と思い出し、ひびの入ったままの小鍋の把手と、テレビのリモコンの蓋も補修しておいた。

まだある――。

気がかりにならぬよう、ここのところ毎週欠かさず見ていた連続ドラマのつづきを見て、部屋を片づけ、それから念入りに歯を磨き、忘れないよう明日の仕事の準備もしておいた。

「よし」と思わず声が出る。

さあ、どうだ。もうこれ以上、何ひとつすることはない。

誰にも文句など言わせない。ここから先は俺の時間、俺のプライム・タイム、

「マイ・プレシャス」──つまり読書の時間だ。

この時間ばかりは誰ひとりとして指一本触れさせない。俺にとって「死守」という言葉はこのときのためにある。

だから眠いはずがない。

このときばかりは、俺の辞書に「不可能」の文字はあっても、「眠気」の二文字はない。俺の今日一日の努力を知ったら、睡魔だって遠慮してくれるだろう。

事実、俺はまるで眠くないのだ。

「さあ」とつぶやき、ページをめくる瞬間の喜び。紙とインクの匂い。これから始まる未知の世界への胸の高鳴り……外は静かな夜で……物音ひとつなく……く……く……。

いや、俺は断じて眠くない。

眠くなんかないのだ。

かならず

『幸福になる』という本を買った。

いや、ことし七十になる母に頼まれて買いにきたんです、七十にもなって、「幸福になる」も何もないんですが——という顔をしてレジで代金を払った。

帯の謳い文句に惹かれたのである。

「かならず」と控えめにその四文字のみ。

むしろ私は、「かならず」の方に購買意欲を刺激されたのかもしれない。真っ白な帯にポツリと一言「かならず」とあったら、『社長になる』『家を建てる』『男前になる』——どんなタイトルであれ買ってしまったに違いない。それがた

またま「幸福」であったということだ。偶然というか、まぁオマケみたいなものである。私は帯に代金を払ったのであり、本体はついでにすぎないわけで——と自分に言い訳をし、「せっかくだから」と帰りの電車の中で頁をめくってみた。

冒頭に、「本書をお読みいただく前に」という見出しがあり、前書きらしきものがそのあとにつづいている。

「本書を、仕事帰りの電車の中で読み始めたあなた」——いきなり、どきりとするような一行で始まり、そのあと「お疲れさまでございました」とあった。悪い気はしない。

いや、今日はそんなに忙しくもなかったから、ちょっと帰りがけに本屋に寄ってみたわけで——。

「お疲れのところたいへん申し訳ありませんが、本書を正しくお読みいただくためには、いくつか準備していただきたいことがあります。まずは心の準備——」

なるほど、と私は居ずまいを正し、首を回してポキポキと音をたてた。そんなことが「心の準備」と言えるかどうかわからないが――。

「次に旅行の準備」

え？　と私はもう一度読みなおした。旅行？

「とりあえず電車を乗り換えていただきます。乗り換え。これが最初のキーワードです」

本から顔をあげると、ちょうど向かいのホームに特急列車が停まっていて、いま乗り換えるとしたらそれしかないようだった。「かならず」という囁き声がどこからか聞こえ、私は思わず走り出して特急に飛び乗った。

「もちろん、これはイメージです」

後になって気づいたのだが、どうやら私はその一行を読み落としていたらしい。

「そして、あなたは見知らぬ土地へ出かけ、星空を見上げながら一人きりで湯に浸かるのです」――。

影の休日

雨の降る午後に、黒い人影を見かけたら、それはおそらく〈影〉に違いありません。もし、窓辺で薄い本を読んでいたら、その〈影〉はきっと、やさしい〈影〉です。

〈影〉というのは、あまり愉快な仕事ではありません。報われることは少なく、誰にも注目などされません。しかし、誰かがやらなければならない仕事です。

休日はいつも雨です。

雨がつづくと〈影〉の出番はありません。そして、雨があがって人々が気持ち良く〈陽〉を浴びるときには、〈影〉だけが〈陽〉を浴びません。〈陽〉を浴びな

いことが〈影〉の仕事のひとつなのです。

「でも――」

と〈影〉は言います。

「もし、わたくしが〈影〉であることを辞めてしまったら、人々がどうなるのか、わたくしはよく知っています。〈影〉をなくした者は実体を失ってしまうのです。これがこの世の〈あたりまえ〉というものです」

ところが、このごろはそんな〈あたりまえ〉も実体を失い始め、〈影〉をなくしたまままさまよう人がいます。〈影〉もないのに〈人〉だけがそこに居ると、自然の摂理にしたがって、そのうち〈陽〉の方が消えてなくなります。

そうならないよう、〈影〉はつとめて心静かに〈影〉でありつづけるのです。誰も気づいていませんが、気づいていない誰もが等しくひきずって歩いているのが〈影〉です。

それにしても、人がひきずって歩くもののなんと多いことか。一年の終わりにふと思いついて振り返ってみると、背後にひきずっていたものの多さに驚いて思わず体が軋みます。体が軋むと、当然のように〈影〉も軋み、おそらく〈影〉もまたずいぶん疲れていることでしょう。

「いえ、今年はそうでもないのです」

〈影〉は静かに首を横に振ります。

「休日が多かったので、たくさん本を読むことができました」

〈影〉は雨を見上げます。

「しかし、わたくしの休日が長くなればなるほど、人々が〈陽〉と〈笑い〉を忘れます。それはわたくしの望むところではありません。〈影〉は〈陽〉があってのもの。人があってこそのものです」

だから、やさしい〈影〉は、雨がすぐにやむことを願い、いつでも、さっと読み終えることのできる薄手の本しか読まないのです。

寝静まったあとに

『妻が寝静まったあとに』という本をベッドで読んでいたら、実際に妻がとなりで寝息をたて始めた。

私は苦笑しながら、すべてが計画どおりであることに満足する。

私の肩書きは「三重スパイ」である。ただの「三重スパイ」ではない。自己完結型なのだ。つまり、「味方」と見せかけつつも、「いや、敵ではないか」という疑念を抱かせ、「そう思わせておいてじつは味方」なのである。そうすることで同僚のスパイたちに常に緊張感を与える。それが私の任務である。「二重スパイ」を嗅ぎ分けるための予備訓練にもなっている。

寝静まった妻は、私がスパイであることを知らない。あるいは、疑念を抱いているかもしれない。いや、それればかりか、もしかすると妻もまたスパイなのかもしれない——という具合に、日々、緊張感を持続するために私の仕事はある。

私はそっとベッドをぬけ出し、キッチンに忍び込むと、冷蔵庫を開いて、野菜室の奥に仕込まれた秘密の扉から「向こう側」へ出てゆく。まさか妻はそんなところに扉があるとは思っていない。秘密を知っている私でさえ、こんな狭いところを抜けられるはずが——と思いながらも、いつのまにか暗い路地に立っている。私はコートの内ポケットに隠し持っていたコウモリを放ち、そちらに目をひきつけておいて一目散に路地を駆け抜ける。突き当たりは壁だ。汚れた壁に手を這わせ、指先で亀裂を探し出して背中をあてる。壁は回転扉の要領で私を「向こう側」へ送り出す。奴等——といっても「味方」なのだが——の気配が背後にあり、私はふたたびコウモリを放ってコートをひるがえす。奴等の動向を探るべくビルとビルのあいだに身をひそめると、鼠たちがわらわらと足元から這い出し、見上げた細長い空に暗雲が横切ってゆく。

私はバレエ・ダンサーのような身のこなしで素早く表通りへ出る。街もまたすでに寝静まっていて、唯一、舗道にあかりを投げかけている深夜営業のコーヒー・スタンドが見える。降り出した雨が頬にあたり、私は道を横断して店の中へまっすぐ入ってゆく。先客がひとりあり、コートの襟を立てて帽子を目深にかぶったその人物が、「あなた」と声をかけてくる。

「風邪ひくわよ」

そこで、はっと目が覚める。

「もう寝ましょう」——妻があかりを消そうとした瞬間、彼女が手にしていた本のタイトルが目にとまる。

『夫が寝静まったあとに』

話の行き先

会議から会議へのごくわずかな時間に車中で本を開く。わずかな時間を積み重ねて読んできた長編小説だ。

――これは、積もりますね。

唐突に運転手が話しかけてくる。

「ああ」とも「うん」ともつかない返答。赤信号。交差点。夕方の最後の時間。家路を急ぐ人々が傘を手にしてすれ違ってゆく。交差する人影。誰もがうつむいて白い息を吐いている。信号が青になり、私は開いた本に視線を戻す。

――本がお好きなんですね。

運転手はついこのあいだ交替したばかりだ。話し好きで、姿勢が良く、運転するときには白い手袋を着用している。

——私はどうも……。

彼は言葉を切って、慎重に角を曲がった。

——どうも、本というのが苦手でして。

滑らかな運転。甘やかに溶けてバターになってしまうような滑らかさ。車が走っているのか止まっているのか、本に目を落としていたら分からなくなる。

——先が気になって仕方ないんです。

ワイパーがフロント・ガラスを音もなく拭っていた。運転が滑らかだとワイパーさえも大人しくなるのか。

——特に小説が駄目なんです。早いところ結末を知りたくて、つい最後の頁を先に読んでしまうんです。

そんなにせっかちな運転手には見えないのだが。

――運転手の癖なんです。職業病というやつです。われわれの仕事は「行き先」が分からないと何も始まりませんから。

窓の外で斜めに雪が降っていた。

小説＝行き先の分からないもの。これまでそんなふうに考えたことはなかったが、言われてみればたしかにそのとおりだ。行き先が分からないから読みつづけるのだし、そうして、たどり着いたところがすでによく知っているところだったりすると、ひどく落胆したりする。

――ただ、行き先が分かっていても、どんな道をたどってゆくかが、われわれの腕の見せどころですからね、そういう愉しみはあります。ああ、この道はここに出るのか、なんて。新しい道を発見すると本当に嬉しいです。なんだか知らない世界を見つけたようで。いや、このあいだもですね――。

いつのまにか本を閉じていた。

行き先が気になるのは、小説だけではない。

寝耳に水

少年期というものが、いつ終わったのか知らない。だからといって〈永遠の少年〉がどうのこうのと口走るのはいかがなものか。

いつであったかはともかくとして、それは間違いなく終わってしまった。無造作に押し入れへ仕舞い込んだのを、「ああ、そんなものもあったっけ」と他人事のように思い出している。実際には押し入れに仕舞ったのも記憶違いで、「ああ、そうか。引っ越しのときに捨ててしまったのか」と、新たに浮上した記憶もまた思い込みかもしれない。

とにかく、〈少年〉は挨拶もなしに去ってしまった。のこされたのは体重ばか

りが増えてゆく脂肪の塊である。それでも開きなおって「少年は去ってしまったからこそ永遠なのだ」と自分なりのセリフも準備したりしてみる。

そこへ――、

「お前はさぁ」

唯一無二の親友と言っていい男に、あるとき忠告されたのである。

「なんだか、地に足が着いていない感じがするよ」

これぞ、寝耳に水。

〈少年〉が去ってからというもの、三年寝太郎のように惰眠をむさぼり、みるみる重くなってゆく体は、重力の厳しさばかりを味わってきた。

重い重い。

〈少年〉のころは誰よりも早く走り、身の軽さを過信したあまり、空中一回転に挑戦したこともあった。残念ながら見事に失敗して肩を脱臼しただけに終わったが、思えばあのとき――あの空中でバランスを崩した瞬間――〈少年〉だけが

「するり」と一回転して、我が身から抜け出たのかもしれない。

となれば、「地に足が着いてない」のは抜け出ていった方だと言いたくなるが、もとより〈少年〉はうわついた浮気心で動く生きものだから、「足が着いてない」ことを揶揄されるのは、やはり、のこされたこちらが担うべきなのだろう。

寝てばかりいた耳に差し入れられた水は、親友の言葉であるだけに冷たくて痛かったものの、彼は思いがけぬ夭折で、言葉だけのこしてさっさとあの世にいってしまった。

「地に足が着いていないのはお前の方じゃないか」と、ときどき独り言のように彼に言い返してみる。

耳の中には、体温であたためられた水がまだゴロゴロと音をたてている。

ひとり

……ふうむ……このあたりでしたかな。

ふむふむ。そうです、そうでした。

前に一度来たとき、ここへちょいと目印を付けておいたんです。いや、このあたりは釣り人も来ない穴場でして、実際、静かなもんでしょう？　水も割に澄んでいまして、なにしろもう、どこへ行きましても釣り人に荒らされておりますから、なんといいますか、まぁ、こう見えて、わたくしもたまには「ひとりになりたい」などと思ったりするわけです――。

え？　アウトロー？　いえいえ、そういうのとはまた違いまして、なんと言い

ますか……ひとりで考えたい……とでも申しますか、ここでこうしてひとりきりになりますと、「わたくし」なんてものは、もうどうでもよくなりまして、ただそこに水があって、わたくしはもう自分が「わたくし」なんだか水なんだか分からなくなってくるわけです。輪郭線や境界線なんてものはすっかり溶けて消えてしまい、わたくしと水と空と雲と、どれがどれだか区別がつかなくなる。大きな「ひとつ」に戻れるとでも申しましょうか。

どうも群れて生活しておりますと、やれ、あいつがどうしたとか、こいつは卑怯だとか、あの方は素晴らしいとか、そんな噂話ばかりになりまして……イヤですなぁ、空や雲から眺めれば、わたくしどもに「あいつ」も「こいつ」もありませんよ。それに、まぁ、雲の方は分かりませんけれど、空なんてものは、どこからどこまでが「あいつ」なんだか「こいつ」なんだか、さっぱり見分けがつきません。ねぇ？　つまり、空はどうしようもなくひとりなんです。ですから、わたくしはこの際、いっそ空になってしまいたい――あ、これはちょいとキザでしたか……。

なんてことを言ってますうちに、いい塩梅に陽が出てまいりました。どうです？　水面がきらきらと輝いて、なんと美しいことか。

あ？　ちょいと待ってください。あの岸のところに見えるのは——おっとっとっ、いけません。いつのまにか釣り人が来ているじゃありませんか。いや、気づきませんでした。早いところ退散しないといけません。なにしろ、ここいらは水がきれいですからなぁ、すぐに見つかってしまいます……。

おっと、さっそく釣り針が垂れて参りましたか。こんなところまで来るとは、いやはや、じつに残念ですなぁ。ここの水底からの眺めは、最高だったんですがねぇ……。

まったく辛いもんですよ、魚ってものは。

背中合わせ

あのころ俺たちは幸福だった。恐いものなど何ひとつ——少しはあったけれど——何ひとつなかった。いつでも最高の気分で、最高の本ばかり読んでいた。

祖父の書斎。あそこには本当に何もかもあった。あそこで俺たちの歴史は始まり、いくつもの鮮やかな扉が開かれた。

「好きなものを好きなように読んだらいい」

祖父は常々そう言っていた。いまでもその言葉を週に三度くらいはつぶやく。

もう三十年は経っている。俺たちは二人とも十歳で、誕生日も生まれた時間も一緒だった。俺たちは二人で一人、いや、その二人で一人が二人いるのだから、

二人×二人で四人だった。おかしな計算だが、実際、四人分くらいの本を読んだ。すさまじく読んだ。猛然と読んだ。文字どおり片っぱしから読んだ。送り込まれた特殊部隊のように読んだ。

『飛ぶ教室』を読んだ。『羅生門』を読んだ。『谷間の百合』を読んだ。『銭形平次』を読んだ。『ヴェニスの商人』を読んだ。『善悪の彼岸』というのも——少しだけ——読んだ。

もちろん、読めない漢字は多かったし、何が書いてあるのかさっぱり分からない本もあった。俺たちはよくこう言い合ったものだ。

「これは何て読む？」

「知らない」

「これはどういう意味？」

「知らない」

しかし、それが「本を読む」ということだった。俺たちは何を知っていて、何を知らないのか。それをいちばん手っ取り早く確かめられるのが本を読むことだった。

というより、俺たちはもともと何も知らなかった。知らないことはすなわち驚きで、知らないからこそ驚いてばかりいた。驚くということが心地よかった。驚けないものはつまらない――。

しかしあるとき、俺たちは「なるほど」とつぶやき始めた。「そういうことか」と頷き、「それは違うな」と本を閉じることもあった。

「これ、どう思う?」

「それより、この本なんだけどさ――」

俺たちはいつのまにか背中合わせになり、「自分」というものに没頭し始めた。

祖父の書斎を出て、自分の机で自分の本を読むようになった。

いま、俺たちはそれぞれに本を書いている。

誰かを驚かせるために、俺たちは毎日ひとりで本を書いている。

とにかく

まずは、「気になる」ことから始まる。

気になって、「いいなぁ」とつぶやくうちに心があたたかくなり、あたたかさで熱を帯びた心は「熱心」と誰かに呼ばれる。熱が冷めなければ次第に火が宿され、気づくと火に包まれて「熱中」の人となる。さて、これがしばらくつづくと、やがて火中の熱さにも気づかなくなり、いつのまにか、火ではなく夢の中に入り込んで、もう「夢中」である。

問題はこのあと――。

夢は自分の見ているものだからまだいいとしても、「夢中」が高じてくると、

ついには「虜」となり、囚われの身となって、やがて「自分」が失われてしまう。

世の慣例では、「自分を見失う」のはよくないことのひとつに数えられているが、そう言いながらも、人は常に「我を忘れること」に出会いたいとどこかで願っている。何かに夢中になりたいと探し歩き、それでもなかなか出会えないので、仕方なく、夜になると大酒を飲んで我を忘れたりする。

どうして人は、そんなにも「我を忘れたい」のか。

夜ごと、大酒を飲みながら考えてみたが、どうやら、この問いは「人はなぜ恋をするのか」と同義であると酔いの中で思いついた。それなら答えは簡単だ。

「そんなことは知らない」

しいて言うなら、「本能」ということになるのかもしれないが、「本能だから」という簡潔な答えは、略さず正確に言えば、

「まぁ、よく分からないけれど、とにかく仕方ないよ、本能なんだから」

である。

とにかく理屈ではない。とにかく好きなものは好き。とにかく気になって、とにかく熱中して、とにかく夢中になって、とにかく虜になってしまった――というのが恋である。

「とにかく」である。

そして、人は「とにかく」を何よりも信じている。理屈を超えて信じることが、つまり「我を忘れる」で、「我」とはすなわち「理屈」のことに他ならない。とかく理屈ばかりを掲げてそいつに縛られていると、縛りをほどいて「我」の核心にある「本能」に立ち返りたくなる――そう思いませんか？

「それだけかね、君の理屈は」

医師はそう言うと、私のカルテをしたためて、最後に「病名」を簡潔に記した。

〈活字中毒〉。

海へ

逃月逃日

都会の埃が——決して誇りにあらず——体の中にしんしんと降り積もって、いまにも警戒水位を超えそうになっている。

ここはひとつ海にでも行って、すっかり洗い流した方がいい。

「ええい」と本当に口に出してそう言い、「さらば都会よ」と本当に口に出してそう言ってみる。

今日のところはそれだけ。

逃月逃日

「君はいつでも、そんなことばかり言って、結局、海になんか行かないのさ。せいぜい、ビル街のプールにでも行くのがオチだね」——と、誰かに言われたわけではない。ひとりごとである。

逃月逃日

朝食、菓子パン一個。昼食、菓子パン一個。夕食、菓子パン二個。

逃月逃日

菓子パンの袋に、「クイズを当てて、海に行こう」とあった。

そのクイズ——。

「◯に行こう」

ただそれだけ。難問ではないか。

逃月逃日

十年ぶりに浮き袋というものを買ってみた。「どうだ」と本当に口に出してそう言う。「もう、行くしかないぞ」アロハ・シャツを買って、とどめをさす。

水月毎日

ついに――。

「水」に「毎」と書いて「海」である。これすなわち、毎日、海である。毎日、浮き袋の上である。アロハである。「わははは」と豪快に笑って過ごす。刺身である。ビーチパラソルである。都会に足を向けて寝る。

逃月逃日

しかし、二日しかもたない。「水」に「毎」と書いて「たいくつ」と読みたくなる。ぼんやり海に浮かびながら、いつのまにか、ビル街のプールを夢見ている。

希有な才能

たとえば、シャツだ。

背中のタグをしっかり見る。洗濯の際に注意すべきことが示されたタグがついていれば、それも参考にする。ボタンがあれば、これ幸い。シャツのつくりを仔細に点検し、「よし」と確信して頭からかぶる。

にもかかわらず、「うしろまえ」になる。

あるいは「うらがえし」になる。

「うらがえし」で、しかも「うしろまえ」ということもある。

たとえば、靴下だ。

5S
乗務員室

これは「うらがえし」ではなく、洗濯を終え、さらに乾燥を終えた乾燥機の中が舞台となる。急用が控えていて、すぐに出かけなければならない。それで、乾燥機の混沌としたシャツやらタオルやらの中から靴下を探し出し、それを履いて行こうという魂胆である。そそくさと乾燥機の中に手を入れて探り出す。

あった。水色の靴下が片方。

もう片方は――と、さらに手探る。

あった。いや、これはグレーか。

あった。いや、違う。これはモスグリーン。

あった。水色。いや、待て。たしかに水色だが、これは生地が違う。

めくってもめくっても違うカードばかりあらわれるツイてない「神経衰弱」のように、乾燥機の中から、つぎつぎ靴下を片方だけ取り出し、それがすべて別の靴下になる。必ず、そうなる。これはもう立派な才能ではないかと思う。

もし、この世に「乾燥機の中から、どこまで色違いの靴下を取り出せるか」という競技があったら、この希有な才能を存分に活かせるのだが——。

たとえば読書だ。

電車の中で読みふけっていて、降りるべき駅に到着したとき、必ず「あと五ページで読了」というタイミングになる。小説であれば、物語は最終局面を迎え、手に汗を握ったりしているところ。

ああ、このまま読んでいたい。

でも、降りないと。

読みながら降り、読みながら駅のベンチに腰かける。

『走れメロス』も『明暗』も『Yの悲劇』も『ドグラ・マグラ』も『八十日間世界一周』も、そうして駅のベンチで読了した。

待ち合わせに遅刻したこともある。

が、ときに車中で読み終えてしまうと、なんだかじつに味気ない気分になる。

日曜日の終わりに

日曜日の夜、夕食のあとで洗いものをしていると、すぐそこまで月曜日の朝が忍び寄っているのに気づいて憂鬱になる。

また明日から一週間が始まる。次の土曜日は水平線の彼方より遠い。

大人になれば、夏休みの終わりに訪れる、あのやるせない憂愁と無縁になれるものと思い込んでいた。ところが、実際には一週間おきにやってくる。日曜日の夜に必ず――。

などと、ぼんやり考えながら排水口の掃除をしていたところ、愛用していた小さなスプーンを排水口の暗い穴に落としてしまった。覗き込んで探ってみたもの

の、すでにあとかたもない。「ふう」とため息をついた途端、驚いたことに、かたわらに神様がお出ましになった。見紛うことなき本物の神様である。

「さて、お前が落としたのは、はたして金のスプーンであったか、それとも銀のスプーンであったか」

急いで首を振った。

「いえ、わたしが落としたのは、パン屋の景品でもらった、ごく普通のスプーンです」

下心アリでそう答えた。たしか、このような場面で正直に答えると、金のスプーンが頂けるというはなしがなかったろうか——。

「うむ」と神様は頷き、それからじつに神様らしいことを宣った。

「お前は正直者であるからして、なんでも望みを叶えてやろう」

望み？　なんと意表をついた展開だろう。

少々、考えて慎重にお答え申し上げた。

「叶うことならば、これから毎日、土曜日と日曜日だけが繰り返される人生にしてください」

「よい」

即決。

それから、すぐに土曜日と日曜日が始まった。

日曜日の夜が終わっても、次の日はもう土曜日で、あの憂鬱な月曜から金曜までは排水口の暗い穴に消えてしまった。日記をつけても、ひたすら土曜日と日曜日ばかり。はたして、それはどんな人生であろうか。

――というはなしを、日曜日の夜の静かな台所で読んだ。読むほどに、夏休みの終わりの憂愁が濃くなってくる。それでいて、何かをひとつ終えたような、それゆえに、小さく一歩、前へ踏み出したような、一週間の区切りの、あの言いようのない再生を覚える。

日曜日の夜の台所では、憂愁と再生がページをめくるたび入れ替わってゆく。

暗転

読書中に、突然、停電になってしまったことがある。深夜だった。一瞬で暗転となり、ページをめくりかけた自分の指先すら見えなくなった。

が、読んでいた本——小説だった——の場面は、頭の中にくっきり浮かんだままだった。あかりを落とした部屋に浮かぶ夜中のテレビ画面のように。目が追っていた文字は消えてしまったのに、言葉のつらなりが脳内に投映した像は鮮やかにのこっている。

たまたま読んでいたものが、隅々まで映像を喚起させる文章であったせいもある。が、意表をついた「暗転」の効果が、光を奪われた二つの目と引き換えに、

第三の目を開いたのかもしれない。

　手さぐりで懐中電灯を見つけ出すと、映像が鮮やかなうちに急いでページに光をあてた。いっさいの電気が流れていない静かな闇の中で物語のつづきを読む。映像は途切れることなく動きつづけ、このときの読書はまたとないものになって頭に焼きついた。

　だいぶ経ってから、明るい灯のもとで読みなおしたときも、「映像」は正確に再現され、たとえページをめくらなくても、映像の中の微妙な光の具合や、登場人物が居ずまいを正したときの影の動きや衣服の音、その手前にある湯気のたつ食べものの匂いまで、闇の中と同じように漂ってきた。

　どこまでが「暗転」のもたらした成果であったかは分からない。

　であるとしても、拙い書き手としては、そのときの経験をどうにか活かせないものかと考えてしまう。

　行き着いたのは芝居の台本＝戯曲だった。この形式には、しばしば「暗転」の二文字があらわれる。

ときには、物語の途中で、それこそ不意の停電のように「暗転」となり、そのあとしばらくの「間」があったあと、再び舞台に光＝照明が戻ってくる。と、さっきとはまるで別の場面に転換していて、そこに何ら脈絡がなくても、読者も観客も誰も文句は言わない。

これは、件の効力が見込まれるだけではなく、「さて、次の場面をどうするか、あるいは次の一行を何と書こうか」と立ち止まってしまったときに、すこぶる重宝する二文字である。小説にもエッセイにも使える——というか、強引に使ってしまおう。

さて、このあとどうするか、どう書いて、どう終わらせればいいのか——。

暗転。

時間を買う

嫌いなものなら即答できる。

地震と飛行機。

前者は自然現象なので避けようもないが、後者は海外に用でもない限り自分の意志で自由に回避できる。

海外に用事などない。本当は行きたいけれど、「海外」などというものはこの世にないものと見なしてきた。あれはすべてファンタジーであり、イギリスもナルニア国もフランスもリリパットもすべて同じ夢の国である。

無論、国内線など断じて乗らない。国内線一生未乗主義。沖縄は船で行けばい

い。およそ地続きである限り、わざわざ空など飛ばなくても、たいていの所にたどり着けるはずだ。

「しかし、時間がかかりすぎて――」

国内線常用主義の人たちはおしなべてそう言う。彼らはファンタジーの国にも平気で飛んでゆくようだから、そのせいで、発言も少々おかしなことになっているようだ。「人生は時間との戦いですよ」と言ったり、「時は金なりですよ」などと言ったり。

余計なお世話である――いや、たしかに忙しさに追われると、どこかで「時間」を売ってくれないものかと夢想することはある。

キオスクなどで手軽に買えたら嬉しい。

「〈一時間〉をひとつください。あ、その〈ゆったり〉味のやつを」

専門店もあって、さまざまな種類がある。

〈のんびり〉とか〈まったり〉とか〈気がねなく〉とか〈誰にも邪魔されない〉

とか――。

〈五時間連続まったり〉は予約しておかないと手に入らない。オークションで高値をつける。〈こっそり〉や〈ひっそり〉といったものは、世間体を気にしてインターネットの闇売りで入手する。

「そんなことを考えるヒマがあったら――」

いつのまにか、国内線常用主義者に包囲されていた。

「とにかく急がないと」

忙しさに追い詰められ、とうとう国内線に乗ることになってしまった。だいたい国内線は乗ったかと思うとすぐに降りなくてはならず、落ち着いて本を読む間もない。仕方なく雑誌を開いた。他に読むものがないので、夢中になって隅から隅まで読む。普段、目にとめない星占いにも。

今月のあなたの運勢＝上昇運。

余計なお世話である。

恋と発見

本は死なない。

どうやら、この一行を誰かに伝えたくて、またあたらしい本をつくる。

毎日、あたらしい次の本を想い、書いたり、編集したり、装幀したり、印刷したり、販売したり、宣伝したりする。

本は人よりもずいぶんと長く生きる――。

「そうです、そのとおり」

若くして古書店の店主となった友人が、秘密を打ち明けるときのニヤニヤ顔で教えてくれた。

「人と同じで本は歳をとります」

「なるほど、たしかに」

「でも、なかなか死にません」

「それは、君のような古本屋さんが本を救ってくれるからだよ」

「いえいえ、救うなんてとんでもない。僕はお客さんより少しばかり早く見つけているだけです」

本はそうして発見されることで生まれ変わる。

そればかりか、古本屋で初めて「生まれる」ことも多々ある。古本屋はじつに尊い。もしかして、輪廻転生を司る神様に近いか。

「神様？　そりゃまた大役ですね、あはは」

あはは、と笑うところが神様の余裕だ。

「そんなことより――」

神様は、さっさと話を変える。

「このあいだ、とっても可愛らしい女の子のお客さんがいらっしゃいまして」

おや、神様も恋に落ちたか。

「僕が市場で見つけてきた、とっておきの本を買ってくれたんです。いや、胸がときめきました。以来、仕入れのたびに彼女の顔が頭をよぎります」

ふうむ。下心アリの神様とは。

「俄然、この仕事が楽しくなりました」

そういえば、恋もまた、人を長生きに導く。

この「恋」は「発見」と同義で、となると、古本屋は恋と発見が商売になる。

「いいねぇ、古本屋になりたいよ」

つい口走ると、

「いいえ、あなたはもっともっとあたらしい本をつくってください」

若き神様がニヤニヤ顔のまま言った。

「僕の恋の——いいえ、発見のためにも」

思えば、書くのも同じこと。

下心あろうがなんだろうが、結局のところ、人は何かに恋をして本を書く。そして、うまくゆけば、その恋が連鎖したり伝染したりして、本は形を成す。

発見は、きっと人と人をつないでゆく——。

恋がそうであるように。

あとがきのまえがき

フジモトマサル

私は日ごろ、うつむき加減で過ごすことが多い。

静かな場所を選び、座り、うなだれ、両の手で小さく輪を作り結界を張る。この結界に他人が侵入してくることはない。右の手と左の手のあいだには本という名の鍵がかかっている。

読書をする人はみな本を抱え込んでうつむき、その風情はどこか憂いを帯びたものとなる。しかしその頭の中に今なにが映し出されているのか、それは計りしれない。

株式投資を学んでいるのかもしれないし、不治の病のヒロインの最期のセリフを読んでいるかもしれない、軽妙洒脱なエッセイに笑いを堪えているのかもしれない。

筑摩書房のＰＲ誌「ちくま」の表紙に二年間掲載されたイラストレーションの通しテーマは「読書の情景」であった。

私の仕事は本を読んでいる情景を描くことであって、彼、彼女が何を読み、何を考えているのかまでは考えない。

描きあがったら吉田氏へイラストを送り、どんな文章が添えられるのか楽しみに待つばかり。そして数週間後、その文章を読んでは「なるほど」と膝を打つのである。そんな愉快なバトン形式連載であった。

楽しい舞台を用意していただいて、想像力が実力以上に引き出されたような気がする。このような機会を与えてくださった関係各位の皆様に感謝の意を表明しつつ、あとがきのバトンを吉田氏へ渡します。

どうぞ。

あとがきのあとがき

吉田篤弘

とまぁ、このように、二十四回にわたり、フジモト氏からバトンを引き継いで書いてきたわけです。まさに「あとがき」です。通常、このような連載は文章を先に書き、あとから文に合わせてイラストを描いていただくというのが一般的なのですが、たまには逆転してもいいかもしれないと思いついたのが運の尽き。挿絵ならぬ「挿文」の難しさを存分に味わいました。

フジモト氏は自らの肩書きを「イラストレーター兼漫画家」などと素っ気なく記していますが、氏は「なぞなぞ作家」「回文作家」としても他の追随を許さぬ大家で、かつて「ほぼ日刊イトイ新聞」で毎週火曜日に出題されていた氏のなぞなぞに多くの人が悩まされたものです。僕もそのひとりで、氏が繰り出す難問の数々に、金曜日の解答発表まで悶々として仕事にならなかったこともあります。

その「悶々」が、まさかこの連載に引き継がれるとは――。

「読書の情景」というテーマがあるだけで、氏がどんな絵を描いてくるか、事前の打ち合わせはいっさいありません。毎月、入稿締め切り日のおよそ一週間前に——数週間前と氏は書いておられますが——予告もなしに届くのです。たとえば、薄暗い図書室らしきところでひとり静かに本に読んでいる彼あるいは彼女の絵が。添えられた氏からのメッセージは「あとはよろしく」のみ。

これはもう「なぞなぞ」以外の何ものでもありません。しかも、悶々とするだけでは許されず、何がなんでも答えなくてはならないのです。ううむ……と唸りつつ、一方で、またとない光栄も嚙みしめていました。なにしろ、なぞなぞの名手の新作を前にし、ただひとりの解答者の座を独占してきたのですから。

結果は、健闘むなしくこのとおりの珍答、迷答ばかり。これにて独占を解放し、とっておきの名答は読者の皆様に託したいと思います。

バトンをどうぞ。

あとはよろしく。

文庫版のためのあとがき

吉田篤弘

「という、はなし」は、ぼくの父親の口ぐせでした。父は若いころ、「落語家になりたかった」という人でしたから、酒がはいって興が乗ると、自らの体験や、どこからか仕入れてきた面白おかしい話を、滔々と話すのが常でした。

落語家志望者らしく、最後にちょっとしたオチがつき、その場にいた人たちの笑いをとることも忘れませんでした。

そして、笑いをとったことに満足し、ひと呼吸おいたあとに、

「という、はなし」

と云い添えて、話を締めくくるのです。

その云い方にも父なりの決まりがあり、「という、はなし」の「し」の音を少しばかり上げるのが流儀なのです。この「し」の上がり具合に、江戸っ子の見栄と照れが凝縮されていて、

「まぁ、そういった、たわいない話ってことよ」

と、ともすれば自虐的とも云えるニュアンスがはいっているのです。

これはしかし、うちの親父に限ったことではなく、ぼくの知っている昔のおじさんたち――あらかた、どこか調子のいいおじさんたちばかりでしたが――は、皆そろって話の終わりに「という、はなし」とエンド・マークを打ったものです。

ぼくは子供のころから、そうしたおじさんたちの話を聞くのが何よりの楽しみでした。たとえば、正月に親戚一同が集まったときなど、従兄弟たちがこぞって凧揚げやら福笑いやらで遊んでいるのを尻目に、卓袱台のまわりで思い思いに酒を呑んでいるおじさんたちの話にこっそり聞き入っていました。

そのとき耳にした数々の話――昔の東京の話、おじさんたちが若かったころの失敗談や武勇伝、心あたたまる話から、犯罪すれすれのきわどい話まで、酒を呑みながらですから、大いに尾ひれもついて、それはそれは面白かったのです。

いや、いま思い返してみると、どれも「たわいない話」ばかりでしたが――。

もし、『というはなし』なるこの本に書いた文章を、そのときのおじさんたちの口調を真似て説明すれば、およそこんな感じでしょうか——。

「まぁ、いちおう読書をめぐる、ちょいと面白いけど、たわいない小話《こばなし》ってところかな」

お読みいただいたとおり、多かれ少なかれ、「読書」に関わるあれこれを書いています。しかし、じつは何を隠そう、ぼくはそれほど本を読んでいないのです。いや、子供のころは夢中で読みました。けれども、大人になるにしたがって薄々わかってきたのは、大人たちが読んでいる本の大半は、子供のころに読んだ本ほどは面白くないという、「みんな、わかってるけど、そいつは云わないでおこう」というおそろしい事実でした。そんなおそろしいことを、こんなところに書いてしまったら、ただちに怒られそうですが、思うに、本というものは、それ自体さほど面白くなくてもいいのです。おじさんたちになり代わって申し上げると、

「さして、面白くもないことを、どうやって楽しむか——そこに気づいたときか

ら、人の世はいよいよ面白くなってくる」といったところでしょうか。この「人の世」を「読書」に置き換えれば、「面白い」とか「面白くない」というのは、その人しだい、読者しだい、ということになってきます。繰り返しますが、ぼくはいわゆる「読書家」と呼ばれている人たちほど本を読んでいません。けれども、この本というもの——そこに何ごとか書かれていて、ときに書いた人の声が聞こえてくるようなものであったり、思いもよらない考えや見たことのない景色が繰りひろげられるもの、そしてそれがちょうどよく手の中に収まり、自在にめくったり、読みながら思いついたことを書き込んだり、途中で読むのをやめて考えたりできる——そういうものをこよなく愛好してきました。

ですから、世間一般で「面白くない」と決めつけられた本がなんだか不憫で、「よし、そんなことなら、自分なりに面白く読んでみせよう」と思い立ってから、人生も読書も大きく変わったように思います。

こうした経緯を簡潔に云うと、

「たわいないものにこそ、面白さがある」

ということになるでしょうか。思えば、おじさんたちの円座に加わって聞いた話の数々は、おじさんたちの声や身ぶりや、その体から滲み出るものが加わって、はじめて「面白い」と感じたのかもしれません。だから、おじさんたちから受け継ぐべきは話の中身ではなく、どう面白く語ってみせるか、どう面白く生きてみせるかという、その心意気なのかもしれません。

＊

フジモトマサルさんは、この世を「面白がる」糸口を見つける天才でした。ぼくにとっては、卓袱台のまわりのおじさんたち以来——と云ったら失礼でしょうか。彼は誰も思いつかないような視点を持っていて、あの有難いお坊さんのような容貌と相まって、この世の「隠された真実」を云い当てる術を身につけているように見えました。ただし、彼はとてもジェントルな人で、べらんめぇで喋りまくるおじさんたちとは比べるべくもない口数の少ない人でした。

彼は「なぞなぞ」づくりの名人としても有名でしたが、「なぞなぞ」というのは、云ってみれば、「口数少なく語られた」ものから「隠された真実」を探り出すゲームです。謎を提示する者は、決して、べらべら喋ってはならないのです。

この「余計なことを云わない」という態度は、彼のイラストレーションやコミックにも如実に表れていて、ともすれば、余計なことばかり話してしまう自分は、フジモトさんのスマートさに、いつも憧れていました。

この本の元となったものは、「あとがきのあとがき」に書いたとおり、月に一回の連載企画で、まずはぼくが短い文章を書き、その文章を基点としてフジモトさんがイラストを描くというのが当初の方針でした。というか、およそ文章とイラストがタッグを組むとそのスタイルになるのですが、たまにはイラストが先で文章が後でもいいのではないかと提案したら、あっさり実現してしまったのです。

じつを云うと、この連載を始めたころ、ぼくは掛け持ちで何本かの小説を書いていて、短い文章とはいえ、さらにもうひとつ書くのは、はたして可能かどうかと足踏みしていたのです。しかも、フジモトさんに絵を描いていただくとなると、彼が心ゆくまで絵を描ける時間を確保する必要があり、それはつまり、締め切りよりもずっと早く文章を書き上げなくてはならないことを意味していました。

ふうむ――と唸ったときに、ふと閃いたのが、文と絵を逆転するというアイディアです。

フジモトさんは口数少なくスマートだけれど、彼が描いた絵には「なぞなぞ」と同じように、隠された秘密や語られなかった物語、深遠な哲学や詩情といったものがたっぷり含まれています。しっかり「たわいないこと」も丁寧に描きこまれていて、じつは、この連載が始まる前から、フジモトさんの絵を眺めては、頭の中に自分なりのお話をつくっていたことがありました。

この連載をしていた当時、ぼくの仕事場とフジモトさんの仕事場は歩いて十分とかからない距離にありました。たまに一緒に食事をしたり、パソコンについて教えてもらったり、それからときどき、うちのオーブンを使って、おいしい料理をつくってくれたこともありました。彼は料理人としても大変な腕前だったのです。

しかし、この連載について話し合ったり、「次はどうしよう」というようなことを相談したことは一度もありませんでした。お互い、夜中まで仕事をしていたのですが、何の予告もなく、だいたい深夜の三時ごろ――ときには四時や五時といった時間に、仕事場のポストへ描き上がったイラストが届いていました。「あとはよろしく」というメッセージが添えられて。

二十四カ月――二年間にわたってこれがつづきました。

特にルールのようなものをつくった覚えはないのですが、彼はその絵がどのような状況を描いたものなのか、本を読んでいる動物たちは人間で云えば男なのか女なのか、年齢はいくつぐらいで、どんな生活を送っているのか――そうしたヒントはいっさい示しませんでした。

それは、「謎を提示する者」らしい徹底ぶりで、こちらもまた「今回のイラストだけど、あれってどういうこと？」と野暮な質問をすることはしませんでした。勘のいい彼は、このゲームの妙を説明しなくても重々承知していたのです。

絵が届いてから、大体、二、三日、短いときは翌日までに文章を書かなくてはなりませんでした。二十四回にわたるこの試練は、ぼくにとって苦しくも楽しいレッスンとなり、前例のない実験でありながら子供じみた遊びでもあり、たわいないけれど、「ここには何かある」と、あたらしい創作の可能性を感じていました。

だから、楽しみながらも真剣で、真剣というのはニセモノではない本物の剣ということですが、どこか呑気な内容とは裏腹に、ちょっとした「勝負」といった感じで毎回臨んでいました。おそらく、フジモトさんだけが知っている本当の答えには、まるで及ばなかったでしょうが――そうだ、この二十四枚の絵を描いていたときに、フジモトさん自身はどんなことを考えていたのか、ひとつひとつ「答え」を教えてもらうのはどうだろう――そんなあたらしいアイディアを思いついたのですが、残念ながらそれはもう叶いません。彼は口数の少ない「なぞなぞ屋」を全うし、決して自分から答えを明かすことなく旅立ってしまいました。

ひとつだけ、この文庫版をつくっているときに発見がありました。

それは、「日曜日の終わりに」（九一ページ）のイラストなのですが、ここに描かれた台所は――だいぶ美化されてはいるものの――当時のぼくの仕事場のキッチンに違いありません。連載のときは、「さて、何を書くか」ばかりで、まったく気づきませんでした。あらためてよく見ると、細かいところまでじつに忠実に再現されています。添えられていたのは、いつもどおり「あとはよろしく」だけでしたが、彼がこんなイタズラをしていたとは知りませんでした。

きっと、これから気づくことも多々あるでしょう。

この「なぞなぞ」は、どこまでもつづくのです。

装幀＝吉田浩美・吉田篤弘
装画＝フジモトマサル

本書は二〇〇六年三月、筑摩書房より刊行されました。

ちくま文庫

という、はなし

二〇一六年十二月十日　第一刷発行

著　者　吉田篤弘（よしだ・あつひろ）
　　　　フジモトマサル

発行者　山野浩一
発行所　株式会社　筑摩書房
　東京都台東区蔵前二―五―三　〒一一一―八七五五
　振替〇〇一六〇―八―四一二三
装幀者　安野光雅
印刷所　凸版印刷株式会社
製本所　凸版印刷株式会社

ISBN978-4-480-43409-8　C0193